桜貝一つ

加藤民人歌集

現代短歌社

目次

桜貝一つ

二〇一〇年（平成二十二年）

最後の展覧会

空高く綿雲湧きて日の満てり嵐過ぎたる後の静けさ

死に近く仕事重ねて病んでをり堪へ得る事は耐へたと言ふに

寂しげに笑ふ横顔思ひ出でぬこの秋の日に君は逝きしか

上野の森の欅の下で若者は禁じられた遊び爪弾き始めぬ

吾が父の絵描きとしての生涯が重なりて上野の噴水涙に霞む

西洋美術館の地獄門に風吹きて欅の枯葉飛び散りてゆく

バイク走らす

咲かむとするに大きく丸き花芽つけ一心に咲く芍薬の花は

初めて雪の降りたる今宵外を見る空はうす紫の色となりつつ

昨夜降りし雪は大方溶けて来て夕べ青苔の庭に鮮けし

大船の駅より見ゆる観音にて二人手を合はす若き人のをり

春一番に蜜柑散らばる夜の道を父死ぬるかとバイク走らす

山陰に頭を垂れて一輪のその白百合は祈りの形

あさなあさな

髪長き女が一人聖堂に長く祈りをり朝明くる頃

あさなあさな白梅の円らな花なりき日々ほころびぬ夢のあとさき

月残る朝の西空に雲湧きて今日は午後から雨降ると言ふ

野辺に咲くオオイヌフグリの花の名を教へてくれしは三歳の甥

瑞泉寺山門脇の椿の木一つの枝より赤き白き花

彼岸なれど

彼岸なれどここ冷泉家の御墓には参りし人を見ることのなし

冠をかむる如来に寄り添ひて首を傾ける観音一体

父の為バイクを止めてこの野に咲く色鮮やかなオオアラセイトウ摘む

神官が歌へる歌の声ひびけり寒き空高く晴れたる今日か

芽吹きたる青苔の上に日の照りて昼日溜りに一人をりたり

白詰草

一叢の白詰草に座りゐて白く華やぐ桜見てをり

悲しきまでの真白き桜見てをりぬ入間川の緑の土手に

父の亡き狭庭に母は色青き勿忘草を二鉢植ゑぬ

青年期の思ひ出はいつも悲しくて姉の弾きたるノクターン二番

頑なに生きるをとめは致し方なし日に真向へば居所もなし

来た時はまだ青かつた水田が帰りは黄色くなりしと気づく

医師の手よ

さらば吾が心のボードレールよ春の宵かくあらねども

三十分間心肺蘇生せし医師の手よ塑像の様な父の顔見る

幻想は作りだせるものかダイヤモンドピンクのチューリップ勿忘草の花

生命の息吹をここに感じたり倒れし銀杏に芽吹く青き葉

蘖と共に芽吹きしこの親木倒れし銀杏の形見ぞこれは

八幡宮の社の杜の息吹うけ蘖と共に生確かなり

台湾詠

明るめど方向感覚なき町に鳥鳴き始む夜明けの窓に

あつと言ふ間に明るくなりし台北のこの町の朝人らは早く

青信号は歩く人のサインにて危ぶみながら交差点渡る

忠烈祠にて英霊の為に頭下げぬ吾が祖父の声聞こえ来る思ひ

大理石の壁にて自然と冷やされし中正紀念堂に蔣介石の像

台北のバイクの多さに驚きぬ車の前を疾走する集団

初めて朝を迎へる台北の思はぬ所に山の見え来る

入り組める九份の町を彷徨ひて見晴らしの良きテラスにて烏龍茶を飲みぬ

屋上に居る尨犬に吠えられし第一飯店ホテル八階

保安宮にて妻は勇んで籤引けど悪き運にて焼きに行きたり

台湾の高き空を仰ぎたり故宮博物院の広きテラスにて

スコールに合ひたる我ら心細く夜市に傘を持たずに向かふ

夜市にて雨降り込みて店の人は二人に傘を貸して呉れたり

九份の町をゆつくり散策し一個十元の草団子買ふ

若ささへ罪に思へて淡水の古き石垣をブルドーザーが崩す

父の声

今の幸せを享受するかの様に振返り吾の目見つめゐたりき

今日は温泉の素を入れたよとぽつりと言ひし父の声思ひ出だせり

桜葉の風に散り来る坂道をバイクを馳せて家路に向かふ

対位法の魔法が解けて和音となりメロディー紡ぐ時は楽しき

半夏生白く靡きてその先に紅の大き蓮一花

二〇一一年（平成二十三年）

許して下され

吾が父よ許して下され三回忌を挙げて遣れずに本出す我を

元の色定かにならぬ紫陽花は末枯るるままに時過ぎて行く

さいきん倖田來未が可愛くなつたねと呟けば整形したのよと吾が妻は言ふ

何事も中途半端に出来てゐて女に持てる男は嫌ひだ

次にも同じ事をへらへらと言つたなら殴りつけたい人ひとりゐる

わが器

わが器罇の入りて満つるなし少し暗める夕日見てゐる

すべき事全て成したり部屋に一人ベートーベンの皇帝を聞く

何かしら理由を付けては出歩く妻よいつも一人われはずつと一人

膵臓の為にインシュリンを使ひ膵臓の負担減らすしかなし

腹が空くと少し短気になる吾は小公園に一人耐へをり

吾が病心配してくれる人数多ゐて生還せねばならぬと思へり

去年の葉

開渠には鬼芹咲きて菖蒲など葉の繁れるを見て歩みゆく

雲一つなき寒空よその藍の色よ鴨らは群れをなして飛び去る

目を射るやうな朝日を見つめこの吾にただ生きぬけと神は命令す

広き空に白き綿雲掛りゐて雲間より差す日の暖かし

薄ら日に富士の稜線映りゐてしだいに茜の色になりたり

駐車場の傍にありたる細道に去年《こぞ》の葉残す櫟の一木
去年の葉の散り尽くしたる櫟の木花のやうなさ緑の若葉が萌える

地震過ぎて

浸透する空気に拠りて曙は光透きつつ朝焼けとなる

天井に水陽炎は映りつつ部屋の奥まで光は及ぶ

冷たき硝子に額を付けて男ならもう泣くまいぞもう泣くまいぞ

主の祈り涙を溜めて跪く地震《なゐ》過ぎて妻へ の電話の前に

色赤く巨大なる月西の方富士の頂あたりに沈み行くを見る

このどう仕様もなき現実に唯涙せり母とテレビを見ながら共に

喜びの音

いつしかに白詰草は咲きゐたり喜びが確かなるものになりたる

ベートーベンスプリングソナタ弾きてゐる庄司紗矢香の黒髪の揺れ

過ぎ行ける夕雲を見てなにも言へず嗚呼夕雲よ幸の多きに

再びの朝日に映ゆる街々の歓びの音吾に聞こゆる

蜜柑の実熟れる頃には吾が父の命日近づくを知りてをれども

寒風に耐へてるだけで涙出る何故だらうただ悲しいだけで

貴方が好きよ

童話のカエルのお父さんの話が好き牛を真似てたとへ破裂をしても

自衛隊専守防衛と雖も暴力に変はりはしない

伊勢神宮には一本たりとも死柱はなきと聞けり

神殿の巨大なる楠にわが静かに耳あて聞きてみるなり

微風に乗つて言葉は聞こえくる貴方が好きよ世が滅んだとしても

「悲愴」をわが聞きて今朝知れり最終章から第一楽章に繋がる事を

美しき夕映え

この園に草摘みて一人立ち去りぬいたく荒れたり勿忘草咲く

恋しさのつのるばかりの時雨にて普通と言ふ字百回書きぬ

淡き光西空に透き照り映えて富士は裾野まで雪が覆へり

寒き風西より吹きて涙せり弱き心を持つ吾と知る

今まさに叫び出しさうな気持ち押へ美しき夕映え今日は迎へぬ

幾重にも雲かさなりて西空は霞はいつか去りてをりたり

二〇一二年（平成二十四年）

めらめらと

ほんの僅かな波紋を立てて鴨ら泳げり川面に映る太陽まぶし

谷戸渡る風に芒穂揺れてゐる双子池に一人夕べの時を

すべき事今日はなしたり明日の日を夢見て一人眠りにつきぬ

曼珠沙華白く咲きたるこの道に夕べ静かに日の入らむとす

目の冴えて夜に密かに活動す明日と言ふ日を信じてはゐず

めらめらと赤く燃えるか百合車宙に希望を摑まうとして

まことの強さ

西の日に映えゐる町は明るくて今日の夕べは静かに暮れる

待ち伏せをしたる少女の悲しくて何て言葉を掛けたらいいの

頼むべきもの一つなき吾が生を生きてこの世に意味見つけたき

吾が父との飽くなき戦ひの日々蘇るまこと強さをわれ知らざりき

大正生まれの父は死ぬ迄この吾に厳しかつたと今も思へり

慕ひ待つ

黒き雲南に流れ行くを仰ぎ西空ははや茜差し来る

吹く風に一瞬湖面は煌めきて林の方に二人歩めり

湖の浅瀬に黒き岩の見え水面は暗く林を映す

嵐去りて雲の行きたるこの夜は手に触るるごと星の瞬く

慕ひ待つ事は君には告げざりき芒の原に今宵出る月

父逝きて

何故か守り得ざりしもの一つ垣間見えたり青き刺青を

冬の日が目に沁む今日の午後のこと乾ける風は南より吹く

池の面に冬日の差して日の満ちぬ池に一日の風小止みなき

久々の雨の降り来る午後早く空暗み来て門灯つけぬ

梅の花綻ばずあり如月に瑞泉寺の階《きざはし》一人し登れど

父逝きてもう三年かありし日と違ふ思ひの常に湧けども

雪解けの道

静止できぬ程にいたぶる今日の夕日光は映す今朝の夢をも

吾が母校の合唱の声ピアノの音聞きつつ登る雪解けの道

わが顔を覗き込むやうにして辛いのは分りますと言ふこの整体師

柔らかき日差しのもとに心抑へ老いし医師の前諾ふわれは

風温み柔らかき日の満ちてをり一日終ふるに早き午後の日

色薄きクロッカス咲くこの谷戸は午後から日の差し動くことなし

春の日に惜し

山桜仄かなるその花陰に憩へるままに体冷えて来る

この春も一人にて見る山桜咲き極まれる春の日に惜し

君の居たところはいつもメロディーが流れてゐたと夕べ気づきぬ

曇り日に上野の森の銀杏の木今か萌えむか黙し歩めり

午後暗み少し肌寒き上野公園若葉さやかに萌えるいちやうか

金環日食

雨の日のＦＭラジオはノイズ混り周波数合はず選局出来ず

この年で許せないもの一つあり大事な人の不適切な関係

百七十三年ぶりの金環日食に母は冥途の土産と言ひて笑へる

曇りだと愚図る子供を連れ出して金環日食見しと言ひたる

過ぎて今友の父の訃報聞く初めて会ひしが最後となりぬ

遺歌集

自分らしく生きよと遺歌集『しつごころ』吾に残しぬ育ての祖父は

花は咲き花は散れども桜の木萌えの若葉を仰ぐ朝々

病みて今も病める心は計り難しされど吾らは心一つに

守るもの吾にもありし事に気づく優しい娘と孫達の事も

同情などいらない私はきつと一人で立つて行ける筈

薬忘れ作業続けるこの私電池の切れた機械のやうだ

済州島

三神人出でたりと伝ふ三姓穴青葉茂れる雨の季節に

張り出せる枝は洞穴に寄りてゐる三姓穴の秘密は知れず

済州島の東門市場を帰る時青紫の川に丸き橋あり

上り坂に見えしが下り坂と言ふ幽霊坂を南に向かふ

天帝淵瀑布の上は水淀み流れ落つ天女が沐浴せしと伝ふ

この人も濁音省き話すなり時々ジョーク交へる秦さん

一人孤独に

側溝に黄色き菖蒲咲く頃にわが癒えたれど一人孤独に

かそけくも橙薄く咲く芥子は今ある吾の幸せにも似て

輝きは戻つて来ないかの頃に友らと今宵朝まで飲めど

溜め息をつけば幸せが逃げて行くと吾より寂しき女の言ひぬ

浮き舟に菖蒲は清く咲き盛り吹く風に花は池にたゆたふ

故ありて切られし杉の切り株は雨降りし時切り口赤し

西空に日は滲みをり茜なすなかなか沈まぬ夕日見てゐる

アララギに初めて載りしと喜びし滝波善雅氏思ひ出す夏

自らの悲しみさへも怒りでしか表現出来ぬ己と思ふ

一斉に蟬鳴き始むる夜明けの時盆過ぎて誰かの弔ひのやうに

二〇一三年（平成二十五年）

蕪の芽

目に冴えしそのさ緑の蕪の芽の黒土の面にただ柔らかし

この時を烏の声も朗らかに看護師の声も和みゆく午後

二日にて俄に降りし雨の為増えし蕪の芽間引きし跡あり

黄昏れて鴉が塒へ帰る時吾は病棟に付き添はれ行く

霞む目に紅葉美《は》しと見ゆる日よ風呂より見える鎌倉の山は

雪なのかと思ふばかりに氷雨降る空は鈍色の光とどめて

雨はしきりに降りたる中に叫びたる獣のやうな雨風の音

夕べの雲に

芒穂の垂れて暗める夕べにて定かならぬもの何か又何か

吹く風に芒穂揺れて静かなり水音清く伝へ来る今朝は

西の日は焼けつく様に照り映えて音なく窓に木の葉は揺れつつ

雲の様見てゐてものの言へざりき茜いろとなる夕べの雲に

動く雲の茜となりて夕べのとき黙し歩めりそこまでの道

いく年か唯に私は愚かなり滝波善雅氏の墓さへ参らず

桜貝一つ

海岸に二人彷徨ひ探しあてし桜貝一つ君は攫へり

桜貝ティッシュに包みて大事さうに君は持ち帰り今もありたり

午前四時寝息静かに皆眠るされども一人闇を見つめる

黄櫨の木の赤らむ一木裏の山に安しと思ふ今日を寂しまむ

冬晴れの太陽まぶしこの朝を鴉の声も空に響けり

うららかな日差しの下に吾はをり人らそれぞれそれぞれの事を

日の満てり

青空に綿雲湧きて日の満てり見ぬ間に雲は形変へたり

泣き明かした時に飲みし豆乳コーヒー佐助新道わが帰り道

抗へど鰡は位置変へ泳ぐ見る柏尾川の土手に一人しあれば

昼間には日蔭になりしこの道も夕べ静かに西日の差せる

雪雲の去りても猶も曇りたる色暗き雲中空にあり

芒穂の解れて撓む綿の房日の入り時に久々に見る

息なき義母よ

七夕の日に帰り来し吾が義母《はは》よ息なき義母よ安らぎて見ゆ

今一度息吹き返すと思ふなり既に亡骸となりしこの義母

自らの居場所に再び戻りしと気づきてゐたか義母の亡骸

細かくも枝交はれる冬枯れの去年の葉残すこの椽の木は

残りたる視界を塞ぐ高層ビル三ヶ月居らねば知る事もなく

茜色の空を背にして高層ビルは暗く細長く視界を埋む

黒土の面に今は緑なす蕪の若葉の瑞々しけれ

筋書きも知りしマドンナ京マチ子の「男はつらいよ」を再び見しに

終の悲しみ

この弥生枝の青さが目に沁みて長く歩けりそこまでの道

先駆けて咲くは一重の玉縄桜薄くれなゐの花のその色

地元の氏神様にも吾が母は行けなくなりて二年となりぬ

夜もなほ開く花かな桜ばな終の悲しみを映しつつ咲く

色赤き蠟梅の花可愛ゆしと手を触れて見ぬ花は零れず

鯔に混じり野鯉一匹泳ぐ見る嵩増す流れに抗ひながら

目瞑りて春日溜りの中にをり小鳥らの声聞きて休みて

霜月に撓める幹の孟宗竹たけの青葉のその青き色

幻の如

水面に見え隠れせし黒き鵜が河面を低く飛び行くを見る

雑木々に藤の花房乱れ咲きて鈍色の空に淡く映ゆる

日の当る丘の傾りに色白きマーガレットの花一叢咲けり

今まさに降らむとするに黄昏れて黒き川鵜を川に見下ろす

武家の舞ひ優雅であれど凛々しくて春の花束翳せる神楽

枯れし幹に赤啄木鳥一羽巣作りし近くに寄れど逃げる事なし

よく見ると蕺草の花も綺麗よねとかつて憎みし女の言ひぬ

山一つ隔てて見える観音かバスより見える真白き姿

一斉に咲くは鉄砲百合の花か黄昏どきに幻の如

山の辺に霧の流れて懸巣鳴くだんだん明るくなりし雨の日

ミモザ終り百合の花咲く公園を通りて二人黄昏の道を

チャラ理論

大阪育ちの橋本さんのチャラ理論質量保存の法則にも似て

楠の木の真中に見えし太陽よ暮れ泥む今日の思ひ出として

枝垂れ穂の芒の房の撓む頃神無月の月満ちてをりたり

朝からの雨ふり止まず夕べなほ鳥の鳴けども降り続きたり

ヴァイオリン弾く音色にてその人の幼きを思ふこの医院長に

遺影

投げやられ雨に濡れゐる地蔵尊妻が夢に見し義母の姿か

よく見ると叔父の遺影も父に似て静かに目の笑つてをりき

桃色の夕茜せりこの町の風止みて暫し咽ぶ大気に

ある夏の海の家にて吾が友の歌ひし「五木の子守唄」心に沁みて

手渡しで灯籠の火消さぬ様静かに送り川に流さむ

精霊は寄り添ひながら流れ行く悲しきまでの色を湛へて

人形

振り仰ぐ空さへ見えずこの今は狭き考へが心を占めつ

日に当り肌《はだへ》は幾らか熱もてり腕組みてわが感じつつをり

吹き過ぐる池面の風は快し蓮の葉揺るる鳩も鳴きたり

気持ちあれど吾にはにはかに悟り難し人形《ひとがた》に拠りて穢れ祓ひぬ

水引の紅増して草むらに今盛りなり空気の冷えて

言葉にする先にあるもの考へもなし雲湧きてただ雲の去りゆく

Ma successeur
吾が継承者

露草の花の藍色目に立ちて荒れたる庭に今朝は咲き出づ

谷戸越えて八幡宮へ向かふ道にはかに体冷気がつつむ

青空に掃かれたやうな雲ありて色濃き雲は中空にとどまる

何時もなら祈る夕餉に箸投げて神などゐるかと叫んだ私

夜の仕事はもう辞めましたと礼を言ふ娘よ義父はその嗄れた声に気付けり

黄昏の闇が及ばぬひとところ雲は茜に光圧せり

茜雲の下に明るめる日の光見ずにをりたりこの年までも

戯れに君の傍が好いと言つたなら花のやうに君は笑つた

怨怨怨思ひを込めて編んでゆくミサンガの秘密明かす事なく

知らぬ間に掛け替へのなき存在にと言ひし言葉を遮る主治医

光受けて鯉幟は風に泳ぎをり二歳のこの子は声挙げて走る

この子には優しくせねばと思ふなり鯉幟手に帰るを見れば

君から貰ひし中森明菜のＣＤを繰り返し聞くlonely night

骨となり未来永劫同じ墓に入る夢見て淡く過せり

天国を放棄せしわれ信徒ただ自らの十字架は背負ふつもりだ

河の瀬を川鵜の低く飛びゆけり悲しくなれるほどの朝焼け

日の当るベンチに一人座りをり朝焼けの色に言葉が出ない

柏尾川に合鴨三羽休みをり一羽は離れて泳いで行けり

凝視するほどには曙の見え難く日陰る道を歩みて行けり

二〇一四年（平成二十六年）

五弁の花びら

桔梗の蕾は風船の如く膨らみて弾けて五弁の花びらとなる

枯れ落ちし金木犀の花びらは星の形に乾きてをりぬ

黒き雲も力の失せて色赤き茜雲となりぬ嵐の去りて

嵐が過ぎると星が綺麗に見えると言ふ今宵私も星を仰げり

口開けて底ひを探る鯔のゐて時々銀鱗見せて泳げり

目の慣れて鯔の泳ぐを吾は見る来たらむとする嵐の前に

沈黙

沈黙に深い意味ありこれ以上人を寄せつけない孤独を思ふ

今君は自分の殻に閉ぢ籠り慰めの言葉吾に浮かばず

皆の持つ三葉の白詰草にまた何かその何か一つで完結するのに

もし吾が十も若くて垢抜けてたらブティック店員に成れたかも知れず

ロマンスは過程でなくて結果ねと悲恋を憎むこの吾なりき

輝きをバックミラーは映しをりそれを見ずしてアイドリングせり

積み木

引きて来る手をしっかりと握りつつ妻の心を計らむがため

苦労して一つづつ積み木を重ね来て十六年間守り来しもの

父となり親ともなりて励みつつ徒労に終はる事多かれど

血縁者に薄くこれはこれで良いと思ふ薄情者は帰り給へ

孫子らにピアノを教へ教へられ楽しく学ぶ事教へたき

藍色の闇

めりめりと拳を上げてベートーベンは死にしと言ひし友も離れぬ

瞳青く成りたる吾をこの主治医老化現象と軽く言ひたる

アメ横に俺たちみたいな若者の集ふ店あると言はれぬ山手線にて

焔のやうな夕べの光見て妻に真紅の薔薇《さうび》贈れり

私にとつて心の闇なりき藍色は瞳の色と同じく

音のみが聞こゆる夜の滝ありて光とぼしく蛍飛び交ふ

跋　その生の混沌に

大河原惇行

この歌集『桜貝一つ』は、次のような歌から始まる。「医師の手よ」の小題があって、平成二十二年の作である。若いと思っていた加藤君も、すでに、五十歳に近いのであろう。

さらば吾が心のボードレールよ春の宵かくあらねども
三十分間心肺蘇生せし医師の手よ塑像の様な父の顔見る
幻想は作りだせるものかダイヤモンドピンクのチューリップ勿忘草の花

こころに、混沌として、ものがある歌といっていい。「春の宵かくあらねども」の表現など、一首にあって、少しわかり難いということになる。「幻想は作りだせるものか」の感応にしても、人と違うのではないか。

加藤君自らが、内に持つ思いとして、このような世界を一人楽しんできたのであった。生来のものといっていいのであろう。この世界が、作者のものとして、もう少し充実をして欲しいとおもうのである。

一連に、次のような歌もあって、興味をひく。

生命の息吹をここに感じたり倒れし銀杏に芽吹く青き葉
蘖と共に芽吹きしこの親木倒れし銀杏の形見ぞこれは
八幡宮の社の杜の息吹うけ蘖と共に生確かなり

問題として、表現において、これらの歌は如何か、ということなのである。「息吹をここに感じたり」「形見ぞこれは」など、表現として、言葉の使い方が、如何かと思うのである。

そこに、一つの問題があるにしても、こころの動きそのままであることは、注意していいのではないか。膠着した今日と時代にあって、このようなところから、もう少し動くかもしれない。つまり、何でも、言葉にしてみることであろう。

次のような歌もある。

浸透する空気に拠りて曙は光透きつつ朝焼けとなる
天井に水陽炎は映りつつ部屋の奥まで光は及ぶ
冷たき硝子に額を付けて男ならもう泣くまいぞもう泣くまいぞ

言葉の使い方が、勝手なのである。常識を、逸脱しているといってもいいのであろう。作者は、ただ、ひたすらに言葉を選び、言葉をここに生かそうとしているのではないか。一点に集中をして、己のこころと向き合い、言葉と向き合って、このような歌ができたということなのだ。

クリスチャンである。その視点から、次の歌を見ることが出来る。

主の祈り涙を溜めて跪く地震《なゐ》過ぎて妻への電話の前に
色赤く巨大なる月西の方富士の頂あたりに沈み行くを見る
このどう仕様もなき現実に唯涙せり母とテレビを見ながら共に

東日本の大震災に対して、直接体験者でないところから、その視点を読み取ることができるのであろうか。「主の祈り涙を溜めて跪く」「このどう仕様もなき現実」など、そこに、ひたすらなる生が、言葉となっている。生とは、不思議なものなので、道理ではない。

今ある己と、直接にふれる世界が、誠実というこころによってだけ、繋がって、一筋に貫いているものが、この作者の世界ということになるのではないか。この度の東日本大震災も、自然のなせる業なら、日々向き合う自然も作者にあっては、同一線上のものということになる。

ほんの僅かな波紋を立てて鴨ら泳げり川面に映る太陽まぶし
谷戸渡る風に芒穂揺れてゐる双子池に一人夕べの時を
すべき事今日はなしたり明日の日を夢見て一人眠りにつきぬ

現在の社会は情報があり、ありあまる意見が、そこに寄せられている。その情報なり意見が、人々を動かすことも確かなのだ。しかし、加藤君は、自らの姿勢は変ることがない。

そこに、生きての思いとして、そのあり方がそのまま、言葉となっているのであろう。「川面に映る太陽まぶし」と鴨の泳ぐ波を、自らのものとするところ、「双子池に一人夕べの時を」と、自らを捉えて、「谷戸渡る風に芒穂揺れてゐる」と感じるところ、己を、常に歌の中心に据えて、言葉にしていることを、注意しなければならない。

そうして、意味のあまりない、どうでもいいことを、加藤君は、次のように歌にしているではないか。

曼珠沙華白く咲きたるこの道に夕べ静かに日の入らむとす

そこで、苦労していることも、確かなのであるが、その世界はいままで見た通りのものである。同時に、この一首などは、少し平凡といっていいのであろう。

その平凡な世界に、こころ動かして、目を向けるそのあり方に、今、こころ動かされるのである。このような世界に、一体何があるのか。

おそらく、一つの優しさがあるのであろう。そして又、こころが和むのであろう。さらに、そこで、明日に繋がる思いを抱くのではないだろうか。

明日を見るその目は、さらに、作者のあり方と関わってくるのである。この作者にあっては、そこに、歌があるということになる。

「一人孤独に」と小題があって、

側溝に黄色き菖蒲咲く頃にわが癒えたれど一人孤独に

溜め息をつけば幸せが逃げて行くと吾より寂しき女の言ひぬ

故ありて切られし杉の切り株は雨降りし時切り口赤し

このようなところに、作者の本音がそのまま言葉となっているのであろう。

「一人孤独に」「溜め息をつけば幸せが逃げて行く」「雨降りし時切り口赤し」など、生の断片といっていい言葉に、生きてのその思いを読者は自らのものとするのではないか。加藤君の歌は、そういう歌といっていい。このような歌によって、人と違うこの作者を、改めて認識をしたということになる。

アララギに初めて載りしと喜びし滝波善雅氏思ひ出す夏
自らの悲しみさへも怒りでしか表現出来ぬ己と思ふ
一斉に蟬鳴き始むる夜明けの時盆過ぎて誰かの弔ひのやうに

滝波善雅氏は、アララギの歌人であり、篆刻をよくした人である。吉田正俊先生は、滝波氏の印を用いていたことを、今に思うのであるが、若い加藤君が、滝波氏に親しかったことも、何か、寂しい思いを呼ぶ出来事といっていい。「悲しみさへも怒りでしか表現出来ぬ」その生を、何か言い知れぬものとして、加藤君の作品を読んで、この短い文章を書こうとしているのだ。

平成二十五年の歌であり、小題「人形」がある。次のような作品に、この作者が、よく言葉になっていると見る。

振り仰ぐ空さへ見えずこの今は狭き考へが心を占めつ
日に当り肌《はだへ》は幾らか熱もてり腕組みてわが感じつつをり
吹き過ぐる池面の風は快し蓮の葉揺るる鳩も鳴きたり

構えたところがない。そのままであって、なおこの作者の言葉使いが歌になっていると見る。先に、混沌としていると、その歌の表現を評したが、そのことがそのまま、この一連の作品にも当てはまるのであろう。
まぎれもなく、加藤君の詠風ともよぶべき世界を形成していると見るのだ。

気持ちあれど吾にははかに悟り難し人形《ひとがた》に拠りて穢れ祓ひぬ
水引の紅増して草むらに今盛りなり空気の冷えて

言葉にする先にあるもの考へもなし雲湧きてただ雲の去りゆく

このような何でもない歌も、作者一人の世界ということになるのではないか。調子が、少しくぐもっている。透明感がないということだ。

意味としては、特別のことでない。それでいて、このように言葉になっていることは、現在という時代にあって、稀なることであると受け止めているのだ。

焔のやうな夕べの光見て妻に真紅の薔薇《さうび》贈れり
私にとつて心の闇なりき藍色は瞳の色と同じく
音のみが聞こゆる夜の滝ありて光とぼしく蛍飛び交ふ

このような作品によって、この歌集は終る。それぞれの歌にあって、言葉の取り合わせが、違うのである。その違いに、一つも二つも距離があるということだ。その違いを違いとして、これらの歌が、成立しているのではないか。

ここまで、書いてきて、確かに、ここに一つの世界がある。そうして、一つの世界を、自己主張している歌のあることを、ここで、指摘しておいていいのであろう。

平成二十六年三月二十七日

あとがき

歌に対する感動の度合いが、東日本大震災から少し変わってきたように思うのである。これは仕方のない事だと思いながら、私としては何も新しい方法を見つけていない。酷暑や大雪に合いながらも、普段と変わらない、坦々とした生活を続けている。春には花見、夏には夏祭り、精霊流し、花火大会、全てが歌に成るわけではないけれど、日常は単純で、もちろんこれまで何年も同じ事を繰り返して、思いは、その時に拠って少しずつ変わってゆくのであろう。

日本の四季、日常、非日常それぞれ歌になると思うのである。私は少しの事に感動し心動かされて来た。この平和な国、日本に感謝して、今に思うのである。

そして、優しい心をいつも失わずに過ごして行きたい。

この本を作るにあたって大河原惇行先生に跋文をお願いをした。来年は父、加藤文男の七回忌に当たる事も記しておきたい。私の第三歌集をここに無事届けられる事を感謝しなければならない。

平成二十六年二月吉日

加藤民人

加藤民人　略歴

昭和37年　東京都台東区三の輪町に生まれ、神奈川県鎌倉市に育つ
昭和63年　「アララギ」入会
平成10年　「短歌21世紀」に大河原惇行先生を頼って入会

歌集に『緋鯉一匹』近代文芸社　平成８年　第一歌集
　　　『復活祭の朝』短歌21世紀　平成23年　第二歌集
がある。

歌集 桜貝一つ

平成26年７月２日　発行

著　者　加　藤　民　人
〒247-0072 神奈川県鎌倉市岡本1241-4
鎌倉ロジュマンB-306
発行人　道　具　武　志
印　刷　㈱キャップス
発行所　**現代短歌社**

〒113-0033 東京都文京区本郷1-35-26
振替口座　00160-5-290969
電　話　03（5804）7100

定価2500円（本体2315円＋税）
ISBN978-4-86534-032-7 C0092 ¥2315E